모든 곳에
모든 것이
있음을

모든 곳에
모든 것이
있음을

초판 1쇄 발행   2022. 8. 11.

지은이   꽃한아
펴낸이   김병호
펴낸곳   주식회사 바른북스

편집진행   김주영
디자인   양헌경

등록   2019년 4월 3일 제2019-000040호
주소   서울시 성동구 연무장5길 9-16, 301호 (성수동2가, 블루스톤타워)
대표전화   070-7857-9719 | **경영지원**   02-3409-9719 | **팩스**   070-7610-9820

•바른북스는 여러분의 다양한 아이디어와 원고 투고를 설레는 마음으로 기다리고 있습니다.

이메일   barunbooks21@naver.com | **원고투고**   barunbooks21@naver.com
홈페이지   www.barunbooks.com | **공식 블로그**   blog.naver.com/barunbooks7
공식 포스트   post.naver.com/barunbooks7 | **페이스북**   facebook.com/barunbooks7

ⓒ 꽃한아, 2022
ISBN 979-11-6545-831-7 03810

꽃한아 에세이

모든 곳에
모든 것이
있음을

마음의 정원에

바람이 살랑이고, 나비가 날아다니며

꽃이 활짝 피어나기를…

모든북스

첫발을 떼는
아기의 마음으로

걸음을 시작했다. 어떻게 써도 부족한 글을, 고치고 고치기를 무한 반복하면서 노트북을 그냥 확 닫고 싶단 마음이 순간순간 올라왔지만, 누군가와 오래 전에 한 약속을 지키고 싶어 내 인생에 처음이자 시작이 될 이글을 끝까지 마무리 짓자 다짐했다. 무언가를 전하고 싶은 마음은 가득하고 어디서부터 시작점을 찍어야 할지 모를 수많은 글은 내가 살고 있는 삶을 고스란히 담고 있다. 우왕좌왕하는 마음도, 선택 장애의 마음도 모두가 더 잘하고 근사하고 싶은 욕심이란 생각이 들었다. 어설프게 멋 부리면서 까불지 말고 그냥 부족하면 부족한 대로 투박하면 투박한 대로 나답게 쓰는 게 맞다고 생각했다. 누구나가 편하게 읽을 수 있으면서 또 누구든 페이지를 열면 각자에 필요한 위로를 받을 수 있는 그런 글이 되고 싶었다. 그렇게 위로의 마음으로 시작한 나의 글들은 단락을 나누는 일이 무의미 할 만큼 주어만 바꾸면 모든 게 연결되어 있다는 사실에 놀라웠다. 그렇게 태어난 책의 제목처럼 나의 글 "모든 곳에는 모든 것"이 있었고 누구나가 한번은 거쳐 갈 마음이기도 했다. 그런 나의 책을 읽고 단 한 명이라도 위로받을 수 있다면 그걸로도 충분히 행복한 시간이었다. 글을 쓰다 보면 유독 가슴에 남는 사람들이 있다. 들춰보고 싶지 않아 다른 것에 집중해도 다시 원점이 되어 꼭 한번은 짚어야 넘어가는 사람들…. 덕분에 마음의 성장까지 더 할 수 있던 의미 있는 작업이기도 했다. 내가 전문가는 아니지만 감사하게도 나를 찾아와 고민을 나누려는 사람들이 많다 보니 사람의 마음에 관심을 더 갖게 됐고, 그 고민의 시기가 다 다를 뿐이지 형식은 달라도, 전하고 싶은 내용은 같다는 사실을 알게 되면서, 세상이 추구하고자 하는 본질은 매우 간단한데 사람들 마음속 응어리와 맞닿는 순간 복잡하게 뒤엉키게 된다는 사실도 알 수 있었다. 하여, 나부터 진솔한 날것의 마음을 펼쳐 본질에 가까운 심플한 위로를 해보자 생각했다. 그리하여 오랫동안 마음속에 덮어둔 까끌까끌한 사적인 고백들을 함께 담았다. 늘 혼자만 보는 일기 같은 글만 쓰다가, 누군가와 함께 내 글을 공유한다는 생각만으로 희열과 부끄러움이 끊임없이 교차하지만, 우리가 만나는 모든 일에는 모든 것들이 숨어 있다는 진리와 함께 그 누구도 다르지 않다는 위로의 마음을 동봉하며, 떨리는 마음과 설레는 마음으로 조심스레 첫 문을 두드려 본다. 나의 글을 읽는 당신이 더할 나위 없이 평안하기를 바라면서….

2022년 6월
꽃한아.

목차 × prologue ×

PART
#2.

"우정"에 목숨 걸고
"사랑"에 무너져도

PART 1

나 데리고 살기
젤 어렵죠?

몸은
건강하고

마음은
행복하게.

그대의 삶에

한 송이 꽃이 되어 꽂히기를….

그대의 아픔에

향기가 되어 기억되기를….

그대의 영혼에

위로가 되어 다독이기를….

그런 사람

나를 오롯이
쏟을 수 있는 사람을 만나고 싶다.

영혼의 허기를
채울 수 있을 만큼

시간이 정신없이
흘러가게 해주는
그런 사람을 만나고 싶다.

그리고 나도
너에게

정신을 쏙 빼놓고
넋을 놓게 할 만큼

마음과 시간을
오롯이 쏟아도 아깝지 않을
그런 사람이 되고 싶다.

자라고 싶고
잘하고 싶다

나이를 더할수록
마음의 여유가 자라고 싶고

부족한 나를
있는 그대로 사랑해 주는
연습을 잘하고 싶다.

유명하지 않아도
유용한 사람으로 자라고 싶고

어떠한 순간이 와도
나에게 가장 먼저 잘하고 싶다.

어떤 장소에 있으면서
시간이 빨리 간다고 느끼는 건
무언가 집중하고 있다는 얘기다.
신기하게 그럴 땐 세상 모든 게 재밌어진다.

그때 사람의 뇌는
그 순간을 만족하고
스스로 스트레스를 지운다는
얘기를 들었다.

나는 요즘
어떤 장소에서 어떤 사람과
어떤 시간을 보내고 있는 걸까?

혹 어떤 대상과 장소가 없더라도
나는 나와 마주하는 지금의 시간이 즐거운가??

사람마다 간직한 에너지 레벨은 다르다.
속도도 방향도 모두가 다르다.

그러니 그들과 어깨를
나란히 하지 않았다고 해서

자신을 자책하는 일은
하지 않았으면 좋겠다.

우리가 스스로를 쪼아야 하는 일이 있다면!
나의 자리에서 가장 나다운 상태로
"나는 이게 행복해!"라는
확신을 가지고 우기는 일뿐이다.

쫄지 말자!
지구에서 너는 이미 존재만으로 소중한

꽃보다
이쁜 사람이니….

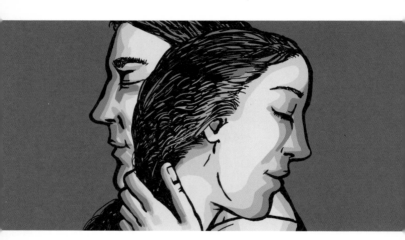

마음이 고장 나면
억지로 애쓰지 말고
쉬어가자.

뭔지는 모르겠지만
뭔가 있다는 느낌이 들면
납득될 설명을 찾지 말고
모든 걸 멈추고
일단 쉬어가자.

마음이 주는 신호를 무시하며
chic한 척하다간
머지않아
sick해질 수 있으니….

※   27

저마다 상처받은
'마음'이 있다.

저마다 기억하고 싶은
'순간'이 있다.

저마다 결심하고 싶은
'다짐'이 있다.

저마다 염원을 담은
'주문'이 있다.

그렇게라도 봉인한 채
꼭 지켜내고 싶은
'내가' 있다.

그러니 부디
선입견의 칼날로
그들을 먼저
베지 않기를….

＃ 독주(毒酒)

쓰라린 마음과 닮아 있어
나는 종종 이 친구를 찾는다.

짧은 시간,
작은 양으로

짧고 굵게
위로받고 나면

그럭저럭
살만해진다.

그럭저럭
괜찮아진다.

'독주(毒酒)'를 마시니
'독주(獨走)'도 가능할 만큼

마음 창고도
'장전(裝填)'됐다.

창문에 달이 뜨는 집은
동화책에만 있는 줄 알았더니

나와 눈 맞추길
애타게 기다리며
우리 집 창문에도
둥근 달이 매달려 있다.

가로등 사이로
반짝반짝 빛이 난다.

마치,

하느님이
나만 몰래 주는
'성체' 같다.

말의 무게를 알고부터
쉽게 입을 열 수가 없었다.

내 아무리 좋은 의도를 가지고 말을 건네도
듣는 사람의 마음과 온도에 따라

나의 말은 칼이 되어 가슴에 꽂히기도
꽃이 되어 마음에 심어지기도 하더라….
하여
저마다 소화할 수 있는 말의 무게는
각자가 감당할 수 있을 만큼의
'마음 여유 총량'이 존재하는 거 같다.
부디
그대의 마음은 평안하기를.

그리하여
마음의 정원에
바람이 살랑이고
나비가 날아다니며
꽃이 활짝 피어나기를….

정이 고프다가
정이 아프다가
정이 버겁다가
정이 필요한.

　　　사랑이 고프다가
　　　사랑이 아프다가
　　　사랑이 버겁다가
　　　사랑이 필요한.

　　　　　　사람이 고프다가
　　　　　　사람이 아프다가
　　　　　　사람이 버겁다가
　　　　　　사람이 필요한.

내가 활짝 피었을 땐
꽃이 마냥 촌스러워 보이더니

내가 꽃 몽우리를 키우는
나이가 되고 보니
바라만 보고 있어도 참 예쁘다.

어디에 뿌려지건
본인의 소명을 다하고

밟힐지언정
불평하지 않는 자태에
존엄한 무형의 인생을 또 한 번 배운다.

이제는
얼굴의 주름 대신
마음의 주름이 더 신경 쓰이고

얼굴의 탄력 대신
마음의 탄력이 더 신경 쓰이고

얼굴의 잡티 대신
마음의 잡티가 더 신경 쓰인다.

외적인 미의 기준이
내적인 미의 기준으로
바뀌는 나이가 됐다.

겉은 우아하되
마음은 아름다운 여자로
천천히 잘 늙어가고 싶다.

나는
거울 같은 사람이다.

앞에 있는 상대가 누구냐에 따라
마음의 보석을 캐는 광부도 되고
마음을 후벼 파는 곡괭이도 되는 사람.

지금 내 앞의 그대는 누구인가!!
부디
바라건대

마음 한편
'낭만'이 존재하는

'계산기' 없는
'광부'이기를….

그런 그대와
마음 굴려가며
밤새워 삶을 노래하고 싶다.

내가 남긴 업적

우스갯말로
흰머리 개수가
내가 싸워 이긴
'암'의 숫자라는데

젊을 때부터 생긴 흰머리면
도대체 인생이 얼마나 고된 거였냐.

갑자기 막
기특하고 그러네.

그래도
'암'을 이긴 업적이
흰머리라면

백발 마녀가 돼도 행복한 거로!

30년째 같은 향수를 쓴다.

파릇하게 젊었던

그때가 생각나 기분이 좋아진다.

좋기만 했던 시절에 쓰던 향수라

뿌리기만 해도

마음은 다시 그때다.

살다가 한 번쯤

어디선가 이 향을 맡으면

자동 반사처럼 그 시절을 함께했던 내가

향기로 남아 또 한 번 각인되기를….

\# 나를 빚다

흙을 만지는 도예 작업을 하면서
나는 하나의 인생을 배워간다.

아기의 얼굴을 만지듯 그렇게….
섬세하고 부드럽게 온 마음으로
오랜 시간 손으로 흙을 다듬는 작업을 하면서

세상의 모든 이치는 이렇게
서로가 연결되어 있다고 생각했다.

고작 흙을 만지는 일이었지만
사람을 하나 키워내는 일과
많이 닮아 있었다.

오랜 시간 충분히 공을 들여
반복해서 만져줄수록
정성이 담기고 그 모양이 정교해진다.

손이 한 번 가고
두 번 가고 할 때마다

내 마음의 혼이
흙 속에 담기는 기분이었다.

이렇게 공들여 하나하나
도 닦는 마음으로
정성스레 어루만져 키워낸

금쪽같은 내 새끼가
지금의 '우리'이진 않을까?

누군가
나를 위해 밥상을 차려주면
그게 꼭 그 사람의 마음 같아서 좋다.

허한 속을 채워주는
다정한 마음 같아서

마치….
된장찌개가 보글보글 끓고 있으면
"오늘 하루 애썼네." 하는 거 같고

계란말이가 식탁에 올라오면
"배고팠지?" "많이 먹고 힘내!"라는 거 같고

따듯한 김이 모락모락 나고 있으면
축 처진 어깨를 토닥여 주는 '위로' 같다.

그렇게 차려진 밥 한 끼
'뚝딱' 하고 나면

온몸과 마음이
충만해지고 행복해진다.

그래서 종종
확인하고 싶다!

채워주는 너의 마음도
채워지는 나의 마음도

다른 게 뭔데?

어느 날 방송에서 유재석 씨가 나왔다.
본인은 계획을 세우고
목표를 정하는 게 더 스트레스라는 말에
뭔지 모르게 닮은 성향이
괜스레 마음이 놓였다.

그의 말에
잠깐 숟가락 하나 얹어 놓고
그가 된 기분이랄까?

그런데 왜?
성공한 유명인이 얘기하면
개똥 같은 소리도 명언이 되는데
내가 하는 명언은 아무리 멋있게 해도
개똥이 되는지 억울했다.

나름 억대 1의

어마어마한

경쟁률도 뚫고 나온 난데

이 자부심을 무기 삼아

내 쪼! 대로 살다 보면

언젠간

개똥도 약에 쓸 날이 오려나?!

마음이 포스트잇이라면 좋겠다고 생각했다.
힘들면 잠깐 떼었다가
기쁠 때 살짝 붙이고
상처가 될 거 같은 순간은 떼었다가
고비가 넘어간 거 같으면 다시 붙이고

헤어지고 질척거릴 거 같으면
쿨하게 떼었다가
마음 잠잠해지면 다시 붙이고

화가 머리끝까지 나서
뭔 사고를 쳐도 치지 싶은 날엔
전원을 꺼버리듯 떼었다가

한숨 몰아쉬고
다시 붙이는
포스트잇이라면 좋겠다고 생각했다.

내 마음을
내가 어쩌지 못하는 날
잠깐이라도 숨었다 나올 수 있는
그 종이 한 장의 마음을 방패 삼아
내 마음대로 살 수 있다면

그럼 조금은 내 마음이 내 것 같고
그 주인도 내가 맞을 거 같은데

여전히 나는
내 마음에 '월세'를 산다.

마음의 정리정돈

스트레스가 많은 날엔
어김없이 지름신의 강림으로
이것저것 불필요한 물건들을 사재꼈다.

이 신발 한 짝에
내 눈물 한 방울

이 원피스 하나에
가슴 속 화남이 한 다발

이 가방 하나에
말 못 할 아픔이 그득그득

하….
그렇게 마음의 허기를 물건으로 대신했더니
머릿속 용량만큼
집 안엔 의미 없는

이쁜 쓰레기들만 가득 찼다.

옷을 입으려 치면
그날의 아픈 기억이 떠올라 입지 못했고

신발을 신으려 치면
그날의 화남이 올라와 신지 못했고

가방을 들을라치면
영혼 없이 지른 자신의 한심함이 떠올라
들고 싶지 않았다.

옷 한 벌에 상처 하나
신발 하나에 아픔 하나
가방 하나에 슬픔 하나

결국 늘어난 짐만큼 정서의 허기는 물건으로
채워지지 않았고, 더한 고립을 자초했다.
정리가 시급하다.

"나를 둘러싼 이곳에서 탈출해야 한다!!"

물건으로 채우는
마음속의 허기는
채우고 채워도 사라지지 않았다.

뭘 주문했는지조차 모르는
열지 않은 택배 상자를 우두커니 보고있자니

정작
마음속에 열지 못한 상자는 몇 개쯤 될까?
궁금했다.

꺼내 보기 두려워 열지 못하고
열어 볼 엄두조차 못 낸 채 방치된
수많은 마음이 의미 없이
자리만 차지하고 있겠구나 싶었다.

주인을 닮은
나의 공간들을 둘러보면서

그동안 얼마나
많은 것들을 버리지 못하고,
쌓아 놓고만 있었는지 알 수 있었다.

여기저기 솜뭉치처럼 굴러댕기는
질퍽한 마음들을 보고 있자니
숨이 막혔다.

이것들은 도대체
누구를 위한, 누구에 의한, 누구의 것들인가~.

이게 뭐라고
머리에 이고 지고 매고 끙끙거리며
짐이 짐이 되는 삶을 자처해서
살아왔단 말인가~.

가끔 TV에서 쓰레기 더미에 파묻혀 살면서도
정작 본인은 쓰레기라고 생각하지 못할 만큼
서서히 잠식되어 살아가는 사람들의 이야기를
본 적이 있다.

그럴 때 가끔 그들의 가슴속에
채워지지 않은 허기는 어떤 것들일까?
하는 생각을 하곤 했었다.

마치, 보물섬의 선장님 같은 표정을 하고
남은 음식을 비닐봉지에 꽁꽁 싸서
배낭에 다시 넣고, 굴러다니는 빈 병 하나를
주워 들고 환하게 웃고 있는 그들과
과연 내가 뭐가 다른가….

그저
마음이 고프고
마음이 아파
안전지대 없는 삶에서
자신을 감옥에 가두고
안심하고 싶었던 건 아니었을까?

나를 찔러 오는
사람들로부터 무너지지 않을 장벽을
택배 상자로 대신했던 나와

자기의 공간을 지키기 위해
쓰레기로 날을 세우고 있던
그들의 삶의 이유는 많이 닮아 있었다.

안쓰러운 수많은 이유들을 찾고
미뤄 왔던 정리정돈을 시작했다.
마음에도 조금씩 공간이 생기니
거짓말처럼 평온해진다.
그리고 다짐했다.
이젠 더 이상 쓰레기 더미에 날 버려두지 말자고!

고갈

자존감이
바닥이 나면

나를 위해
가장 이쁘고, 정성스럽게
맛있는 음식을 차려 젤 먼저 먹여주곤 했다.

좋아하는 노래도 들려주고
쓰고 싶은 글도 쓰게 하고
자고 싶은 만큼 나를 푹 재워주며

지금 당장 어떤 일을 하지 않아도
"너는 이미 소중한 사람이야."라고
말을 해주다 보면

신기하게 마음은
조금씩 나를 따라왔다.

그렇게
고장 난 마음과 체력을 정성껏 돌봐주면
바닥 난 자존감이 서서히 채워졌다.

행복하지 않은 건 문제가 아니지만
행복한지 너무 오래된 건 문제다!

우리는 마지막으로
정신없이 시간이 흐를 만큼
행복했던 때가 언제였을까?

너무 오래되었다면
지쳐 있는 나 자신을

가장 먼저
보살펴주길….

내가 내린 선택은
무조건 옳은 선택으로 만들고 싶었다.

선택을
해야 하는
모든 갈림길에서

옳지 못한 답을
손에 쥐었다 하더라도

그 오답의 대가를
온몸으로 맞아가며

악착같이 버티고
억척같이 견디면서

내 삶으로써 증명하며

옳은 선택으로 만들어 내고 싶었다.

그래야 잘 살고 있는 거 같아서
그래야 잘하고 있는 거 같아서.

그래야 내가 살아 있구나 싶었고
그래야 아직 더 필요한 존재인 거 같았다.

우린 모두
선택의 상황에서
고독과 쓸쓸함을 마주한다.

그리고 하나의 선택이 끝나면
그 선택이 옳은 답이 되도록
그저 내 앞의 길을 묵묵히 걷는 일뿐이다.

내 인생에
BGM이 있다면?

영화나 드라마엔
화면이 바뀔 때 음악이 깔린다.

배우의 마음이 변화가 생길 때도
음악이 깔리고

표정의 미묘한 암시에도
음악이 깔린다.

그러니
드라마고 영화가 되는 건가?

내 인생에도 BGM이 깔리면 좋겠다.

그럼 별거 없는 일상도
뭔가 대단해 보이고

보잘것없는 내 모습도
근사해질 거 같다.

줄 달린 이어폰을 귀에 꽂고
무작정
좋아하는 음악을 틀어
무미건조한 내 삶에 음악을 더했다.

중간중간 BGM을 깔아주니
나름 내 삶도 멋이 난다.

기죽지 말자~!
부러워하지 말자~!

어차피 나도
내 삶에선 주인공이니까~!

도로아미타불

운동을 하다 중심 잡는 자세가 나오면
내 몸은 이리 흔들, 저리 흔들, 비틀비틀
술 취한 사람 같다.

몸의 중심을 잡는 일도 이렇게나
바들거리며 용을 써야 겨우 설까 말까 하는데
마음은 오죽할까?

명상도 해보고 기도도 하면서
도 닦는 마음으로 살자 싶지만
마음은 지나가는 말 한마디에도 휘청거리고,
보내는 시선 하나에 휘둘린다.

내 몸뚱이 하나도 내가 어쩌질 못하는 주제에
남의 인생을 참견하는 건 칼을 거꾸로 쥐고
휘두르는 무지와 무모함의 끝판왕이란 생각이 들었다.

이젠 밖으로 향하는 에너지를 나에게 가져와
삶에 휘청이지 않을 중심을 잘 잡고 서는 일이
가장 중요하다고 생각했다.

자칫 발 한번 잘못 담그면 걷잡을 수 없는
늪에 빠져 허우적거리는 것 또한 인생이기에
어느 쪽으로도 치우치지 않을 단단한 마음으로
인생의 중심 잡기를 꾸준히 연습하자 다짐해본다.

종종 사람들 속에서 숨어 있고 싶을 때가 있다.
종적을 감춘 듯,
처음부터 없었던 사람인 듯
스톱 버튼을 누르고 잠깐 쉬고 싶은 충전의 시간
그럴 땐 과감히 나만의 시간 속으로 숨어버린다.

사람에 치이고, 의미 없는 만남에 치여
내가 지금 잘 가고 있는지 점검이 필요하거나
정리가 필요하다 생각되면 그 순간 나는
매몰차게 뒤도 돌아보지 않고 나만 데리고
은신처에 꽁꽁 숨어 몸과 맘을 튼튼하게
보살펴 주곤 했다.

어느 땐 이러는 나 자신이 유난인가 싶기도 했지만,
감정이 고장 나 누군가에게 실수가 되지 않게 그때그
때 나 좋아하는 일에 집중하며 스스로를 돌봐주는 일
은 살면서 가장 잘한 일이라 생각한다.

그렇게 가득 에너지가 충전되면 방전된 누군가에게 완충된 나의 에너지를 부담 없이 나눠주려 오늘도 나는 사람들을 피해 멀리 도망갔다가 다시 돌아오기를 반복하며 산다.

나만 데리고 떠나온
목적지 없는 여행이었다.

계획이 없는 게
계획인 여행
하루 24시간 중에
하나만 제대로 하자 다짐한 여행.

일행이 없는 조용한 여행은
낯설었지만 설레었고

나와 처음 맞는 순간들은
전부가 '첫사랑'이었다.

혼자 걷는 길
혼자 먹는 밥
목적지 없는 아무 버스
걷고 싶을 때까지 걷다
멈추고 싶을 때 멈추면 되는.

청량한 '하늘'과
따듯한 '햇살'.
길가에 핀 '꽃'과
길가에 서 있는 '나무'.

얼굴에 스치던
'바람'과

내 옆에 펼쳐진 탁 트인
'바다'는

모두가 '친구'였고
모두와 '동행'이었다.

다음 계획이 없어
앉은 자리에서 몇 시간이고
바다를 눈에 담으며
사색을 할 수 있었고

재촉하는 일행이 없어
내 마음이 원할 때 움직이면 됐다.

온종일 쫄쫄 굶어도 배고픈지 몰랐고
그저 지금의 순간을 온몸으로
만끽하기 바빴다.

조금만
조금만 더 가득….
조금만 더 천천히….
흘러가는 시간이 야속해
바짓가랑이라도 잡고

애원하고 싶은 순간이었다.
책 한 권 들고
돌 틈에 앉아 있어도

커피 한 잔 들고
바다 앞에 서 있어도

자전거 타고
해안도로를 달리고 있어도
공허한 마음들은 조금씩 채워졌다.

길가 여기저기에 핀 로즈메리와 애플민트는
바람 가는 곳마다 나를 졸졸 따라왔고
그 향이 내 콧속을 가득 채우면
그때마다 통장에 돈이 마구마구
꽂히는 기분이 들었다.

나 홀로 제주 여행4

잘못 탄 기차가
목적지에 데려다준다는 인도 속담처럼
아무거나 닥치는 대로 잡아탄 버스는
정거장마다 예측불허의 '내 인생' 같았다.

어쩌다 나만 믿고
나만 데리고 온 여행이라
둘이서만 시간을 보내다 보니
거쳐 가는 정거장의 풍경이 달라질 때마다
낯선 상황에 의지할 때라곤
'나 자신'뿐이었다.

남의 눈 상관 없이
내 눈에만 가득 차면 됐던 여행.

스스로
먹고 싶은 걸 물어봐 주고

가고 싶은 곳이 있는지 물어봐 주고
매 순간 원하는 게 있는지 물어봐 주고
그래서 지금 행복한지 물어봐 주면서
마음의 정거장을 하나하나 짚어주며
시간을 보내다 보니 그동안 나는
정작 나와는 이야기를 나눠본 적이 없다는
사실을 알게 되었다.

얼마나 외로웠을까, 내 집에서.
'나'로 채워지지 않은
'나'와 함께 살고 있음은

목적지 없는 버스에서
인생의 방향을 찾았고
나를 먼저 배려하지 못함을 반성했다.

죽을 때까지
나와 가장 오래 살 사람은 '나'.

나락에 빠져있을 때
나를 건져 올릴 사람도 '나'.

그러므로 나를 가장 사랑해 줄 사람도
'너'가 아닌 "나"였다.

낯선 여행길에서
나조차도 모르던 나를 만나 '나를 배운다'.

여행의 마무리

이 모든
그림 같은 순간들을 마음에 적금 붓듯
차곡차곡 넣어두고

힘들 때마다
하나씩 야금야금 꺼내서 음미하면
못 할 일이 없을 거 같다.

나만 있으면
버티지 못할 일이 없고
견디지 못할 순간이 없고
주저할 시간도 없었다.

나 홀로 떠난
제주의 '여행길'에서 만난
"나의 인생길."

그 길 따라 걸었던 한 걸음 한 걸음은

나를 한 뼘 더 성장시켰다.

살다가 힘들면 제주에 오고

이 말이 나는
따듯했다.

그 말이
꼭 내 아빠 같았다.

그 말에
위안이 됐고

그 말에
한숨 크게 쉬어갈 수 있었다.

나도 누군가에겐
그러한 제주이길….

유서

언제 마지막이 될지 몰라
유서를 썼다….

그 마지막 순간에
내가 없어도
내가 있는 것처럼 만들어주고 싶었다.

전하지 못한 마음들을 여기저기 쪼개
살아 있던 흔적들 위에 놓아둔다.

마지막…이라 생각하니
어느 하나 소중하지 않은 추억이 없고
누구 하나 미워할 사람이 없었다.

남겨진 이들을 위해 쓰고 있지만
내 마음 편해지자
마지막을 당겨 쓰고 보니
이상하게 속이 후련하다.

막상
모든 게 마지막이라 치니
못 먹을 마음도 없는 거 같고
못 해줄 말도 없는 거 같다.

주절주절 쓰고 보니
남겨줄 마음이라곤
사랑이 전부였다.

꽃이 피고 지듯이
그렇게 꽃 한 아가 피어
지는 길에 잠시 들러 쉬다 간다.
괜찮은 인생이었다.

부디
당신의 가슴속엔
내가 남긴 사랑만 가득 하기를….

될 수 있다면

때로는 시원한
'바람'이 되고

때로는 좋아하는
'비'가 되고

때로는 바라던
'바다'가 되어

"내가 너와 함께 있어 줄게."

모든 곳에 모든 것이 있음을

인생의 모든 답은
이미

내 안에 있다는 걸
깨닫는 순간
우리는 알게 된다.

내가 보고자 하면
이미

우리의 모든 곳에
모든 것이 있다는걸….

닮은꼴

식물들이 눈에 들어오기 시작했다.
아이들 하나하나 물을 주고 흙을 갈아 주고 하다 보면
방울토마토 나무에 대롱대롱 매달린 열매 하나가
그렇게 대견할 수가 없다.

거울에 겉만 비추던 어릴 땐
얼굴만 보기 바쁘더니
중년의 나이가 되고서야
겉이 아닌 속을 바라보기 시작할 때부터
식물들이 이뻤다.

물 달라고 조를 리 없는 애들이 말없이 시름하다
혼자 죽어가도 관심 없던 내가
이제는 내 돈을 주고 화분을 산다.

키우는 애들이 씽씽하고 잘 커 주면
내 마음도 덩달아 잘 크고 있는 거 같아

흐뭇했고 아픈 애들을 돌봐주다
새잎이라도 나올라치면 이미 내 마음은
'명의'가 돼 있다.

식물과 견주어 나를 보자니
나의 계절은 가을을 살고 있는 거 같다.
많은 것들이 무르익어 존재를 확인하는 계절.

추운 겨울을 견디고 봄을 뚫고 나온 새순은
이미 존재만으로 기특하다.

그렇게나 기특한 새순의 모습은
우리의 '봄'이었고 뜨거운 청춘의
'여름'을 지나 '가을'을 거쳐
가지만 남은 겨울의 언저리를 사는
우리네 엄마들의 카톡 프사는
만발한 꽃밭일 수밖에….

그 만발한 꽃 사진 하나에

지나온 젊음을 비추어 보다가

우리네 인생도 결국

한 송이 꽃과 다를 게 없다는 위로를 전하는

그 마지막 순간에도 꽃은 제 할 일을 다 한다.

PART 2

"우정"에 목숨 걸고
"사랑"에 무너져도

쓰담 쓰담:)

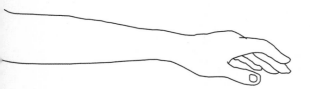

모두의 불안에 손을 얹어.
모두의 힘듦에 손을 얹어.

모두의 슬픔에 손을 얹어.
모두의 아픔에 손을 얹어.

오늘도
열렬히 고생한
우리 모두의 마음에

손을 얹어
온 마음으로

쓰담 쓰담 :)

나의 키다리 아저씨가 그랬다.

착한 사람이 되려고 하지 말고

자신에게 너그러운 사람이 되라고~.

즐기지 못하면

이리저리 끌려다녀 행복할 수 없다고~.

다른 사람의 마음 기준에

이리저리 휩쓸리지 말고

내가 원하는 것을 찾으라고~.

자유롭고,

자연스럽고,

자발적인

나의 삶을 살라고~!!

우리

인생에도

본방송 전에

예고편이

있으면 좋겠다.

이건 뭐~

매 순간이

팝업창이니

숨 고를

틈이 없지 젠장!

그러거나 말거나

오늘도 우린

무조건

존버!

사는 게 힘들고 답답하면
뒤를 돌아봐.

등만 돌리면
다른 세상이 있는데

왜 꾸역꾸역
앞만 보면서
자신을 달달 볶니.

길가에 핀 꽃도 좀 보고
시원한 바람도 느껴보고
지금이 무슨 계절인지 머물러도 보고

내 뒤에 오는 사람 응원도 해보고
그들이 해주는 격려도 받아보면서

천천히 천천히
하나하나 누리면서 살아.
그렇게 인생을 놓고 깊숙이 보고 있으면
겉으로는 불공평한 거 같아도
저마다가
공평한 삶이더라~.

친구들과 여럿이 여행을 간 적이 있었다.
저녁 때쯤 둥그렇게 널브러져
이 얘기 저 얘기 나누며
각자의 삶을 이야기했다.

A:

요즘 본인의 자존감이
없다며 위축된 이야기를 했고

B:

사이좋던 신랑이 요즘 들어
하는 짓만 보면 정떨어진다고 했다.

C:

시부모님의 간섭에 스트레스를 받고
이사를 준비하고 있었고

D:

십몇 년 만에 어렵게 시험관으로 아이를
낳아 행복한 노산(?)의 육아에 힘들다
토로했다.

E:

평생 다이어트가 숙제라며 이번엔 꼭
성공해서 전성기 시절로 돌아가겠다 다짐했고

F:

사춘기 아들의 등만 보며 사는 기분이라며
사는 낙이 없다고 했다.

G:

일하고 싶은데 어디서부터 시작해야 하는지
모르겠다며 신세를 한탄하며 울었고

H:

부모님의 간호를 오래 했던 친구는 건강이
최고라며 몸에 대한 염려를 달고 살았다.

누구의 인생이던

그 인생을 빤히 바라보고 있으면

이해 못 할 사람이 없다고 했던가….

누구의 고민이 더 큰가

내기라도 하는 사람처럼

친구들의 마음속에는

언제고 내릴

준비가 되어 있는

먹구름을 하나씩 품고 있었다.

와중에

누구는 누구를 위로했고

누구는 누구를 보며 위안으로 삼았고

다른 누구는 그러므로 우린

보란 듯이 행복해지자 다짐했다.

인생 지사

힘들지 않은 사람은 없다.

아쉬울 게 없어 보이는 사람도

가슴속에 들어가 보면
저마다 말하지 못한 멍울들이 숨어 있었다.

그저 각자가 감당할 수 있는 양만큼
힘듦을 주신다고 했던가….

나라면 엄두도 내지 못할 상황들을 마주하고도
웃고 있는 친구의 모습에 절로 고개가
숙여지는 건 아픈 만큼 견고한
그릇의 크기였던 거 같다.

누구한테는 죽을 만큼 힘든 일이
다른 누구한텐 젤 작은 일이 될 수 있는 것처럼
우리는 모두 내가 감당할 수 있는
'깜냥'만큼 아픔을 보듬고 살아간다.

그러니 우리
서로가 서로를 '위안' 삼고,
너도나도 '위로'하면서
다시 오지 않을 '우리'의 오늘만 살아내자!!!

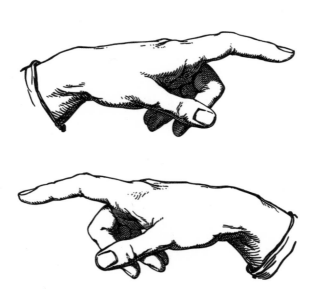

"겉모습이란 속임수다."
플라톤의 말이다.

겉모습이 다인 사람은 없다.
순하게 생긴 사람도 성질나면 물고

쳐다만 봐도 물 것 같은 사람은
마음이 쿠크다스다.

모두가 살아온 모양대로
빚어진 모습들이다.

순한 인상은
겉모습에 '당해' 안이 강해졌고
세 보이는 인상은
겉모습에 '치여' 안이 유해졌다.

그러니 함부로
겉모습에 사람을 판단하지 말자!
너도나도 '그 나물에 그 밥'이니!!

사랑은 위에서 아래로

사랑은 위에서 아래로 흐르는 거라 생각한다.
그래서 아랫사람을 넓은 아량으로 품어줄 수
있어야 그 마음을 받고 자란 아랫사람들이 준
마음을 보고 배운다. 살다 보니 위도 안 되는
마음을 아래 더러 하라는 어이없는 사람들을
자주 보곤 했다. 어쩌면 그들은 나와 가장
가까운 가족들이고 지인들은 아닐지 생각한다.
원래 상처도 친했던 사람이 주는 게 더 아픈
것처럼 그 사람의 그릇은 처한 상황을 어떻게
대처하는가를 볼 때 그 역량이 나왔다. 더구나
자기 코앞에 상황에만 눈이 멀어 본인이
보고자 하는 진실 여부에만 꽂힌 채 서로의
관계는 사라지고 안면 몰수하고 따지기 바쁘던
윗사람의 모습을 보던 날
오랫동안 쌓아온 신뢰는 무너졌고,
어른답지 못한 태도에 실망감은 이루 말할
수 없었다.

물론 윗사람도 상처는 받고 아픈
건 똑같다. 다만 본인의 감정에 못 이겨,
유머를 다큐로 받을지 혹은 다큐를 유머로
받을지의 선택은 본인의 몫이다. 그때 우리에게
필요한 건 심호흡 한 번과 역지사지의 마음은
아닐런지. 궁여지책으로 꾸역꾸역 짜낸
마음이라 할지라도 그 마음을 받아본
아랫사람에겐 큰 귀감이 된다. 인생에 맺는
무수한 관계 속에는 암묵적 의리 동의서가 있다.
그 의리가 파괴되는 순간 상황은 커지고
사건만 남는 것처럼 윗사람과 아랫사람의
관계에서도 순도 높은 사랑과 자각이 필요하다.
살다 보면 우리도 어디선가는 윗사람이고
아랫사람인데 왜 마음의 욕심은 항상 한
방향일까? 하는 생각이 들었다. 사랑 많은
윗사람이 되고, 사랑받는 아랫사람이 되려면
우리 모두가 함께 깨어 있어야 한다….

\# 그냥 쫌

어릴 땐
예의가 있고 배려가 많은 사람이 좋았다.
언제나 나를 본인 앞에 두고
먼저 생각해 주는 게 섬세하고 다정했다.

적당한 거리에서 선을 지키며,
마음을 써주는 일은
감사한 일이다.

그러나
예의나 배려가 많은 사람은
보통의 사람들보다 그 기준이 까다롭고
차원 높은 예의와 배려를
원하고 있다는 사실을 알게 됐다.

본인의 틀이 정확하고 확고해
한치의 오차범위도 허용하지 않았고

예외를 두는 마음도 그들에겐 힘들어 보였다.
그런 그들과 함께 하는 건 나를 병들게 했고.
삶은 매우 피곤해졌다.

자기의 경계가 정해져
그 이상의 사람도 이하의 사람도
마음에 담지도, 담기지도 못하는 모습은
안쓰럽기까지 했고 그들에 맞춰

매 순간 상태를 단장하고,
맛있게 소화할 수 있는
대화의 단어들을 선별하며
맞춤 배려를 장착해야 하는 번거로움은
점점 마음의 짐이 됐고
서서히 관계에도 거리를 두게 됐다.

어렵다….
서로가 원하는 배려의 양과
모양이 다르다는 게
누구에겐 솔직해 보이는 내 모습도
누군가에겐 무례한 사람으로
보일 수 있는 것처럼

상대의 배려 기준에 미치지 못하면
한순간 별로인 인간이 된다는 게….

아~~~.
이젠 모르겠다!!

오해도 하고 싶은 사람이
작정하고 하는 게 오해라는데

그냥~
맘대로 널브러져도 있어도 편하고
입가에 자장면이 묻어 있으면 그래서 또 즐겁고
치맥 한잔에 깔깔거리며 같이 웃을 수 있는

나와 마음의 결이 닮아 내가 주는 마음을 고스란히
마음으로 받는 사람이 좋다!
함께 있을 땐 '숨통'이 좀 트이고,
어딘가 '허당미'가 있어 인간적이고 '따듯한' 사람은
함께 있는 것만으로 마음의 치유가 된다.

#그러니
#지나친 배려와 예의는
#서로의 정신건강에 해롭다 생각하고
#좀 내려놓고 살자
#누가 안 잡아간다.
#그래서 내가 싫다고 하면
#나도 같이 싫어해 주면 된다.
#맘 맞는 사람만 만나고 살아도 짧은 인생이다.
#나를 힘들게 하는 사람과의 관계는 정리가 답이다.

\# 속도위반 VS 가속도

한동안 마음에 머무는 사람들이 있다.
머릿속에서 맴돌며 자꾸 신경이 쓰이는 사람

그게 때론 사랑이겠고
그게 때론 질투겠고
그게 때론 염려가 되는 사람들

수많은 감정이
마음속을 빙글빙글 돌다
제 자리를 찾을 때까지, 기다리다 보면
마음의 아귀와 꼭 맞는 속도를 찾는다.

그렇게
멈칫!

마음의 조급함과
내가 낼 수 있는 속도의

격차가 벌어지면

일방적
속도위반이 됐고

내가 낼 수 있는 마음과
걸음을 맞추다 보면
가속도가 붙었다.

사랑의 이름으로
구속이 되지 않게

질투의 이름으로
시기가 되지 않게

염려의 이름으로
오지랖이 되지 않게
우린 마음과 속도를 맞춰야 한다.

우리는

누군가를

'사랑하게' 될 때

비로소

내가 받아왔던

'사랑'을

이해하게 된다.

네가 안아주면
꾹꾹 참았던 눈물이 터졌다.

마치
포옹 버튼이 달린 것처럼

너의 가슴에서
뛰고 있는 심장의 온도가

내 가슴으로
옮겨지는 찰나의 순간인 거 같다.

그 순간이
너무 따듯해서

오늘도 잠시
너의 품에 쉬어간다.

마중 오는 길

힘들고 지친 어느 날
집으로 걸어가는 길이
유난히도 멀었던 적이 있었다.

누군가 조용히 곁에서 걸어주기만 해도
힘이 될 거 같은 그런 날

아무 말 하지 않아도
내쉬는 숨소리에 기분을 알아주는
그런 누군가였으면 좋겠는 그런 날

무겁지도 않은 내 가방을 들어주고
시답지 않은 농담에 웃음이 터져 나오는
지극히 평범하지만 따뜻한 그런 날

나를 위한 마중을
나를 위한 마음으로
나를 위한 사람이 걸어와 주는
순간을 나는 매일 꿈꾼다.

강아지가 좋아하는 말

- 우리 산책갈까??

내가 좋아하는 말

- 우리 한잔할까??

감사할 만두

속이 꽉 찬 너를
입속에 넣어 가두고
오갈 데 없는 공간에서

몸부림치는 너를
온 힘으로 제압할 때
세상을 다 가진 양
기분이 좋아진다.

입술 밖으로 삐죽거리는
너를 주워 삼키며
오늘도 말했다!

고맙다!
허기진 마음을
가득 채워줘서.

너와 나는

누아르를 찍는 거니?

로맨스를 찍은 거니?

맑고 흐린 날씨처럼

좋았다 싸웠다 하면서도

아직 나는 네가 좋고

너도 아직 내가 좋은 걸 보면

일단!

호러는 아닌 거로~.

서로가 서로를
'키워주는 관계'.

서로가 서로를
'이해하는 관계'.

서로가 서로를
'안아주는 관계'.

서로가 서로를
'격려하는 관계'.

서로가 서로를
'응원하는 관계'.

'너와 나의' 관계.

속이 없어 좋았고
속이 없어 싫었다.

속이 없어 속상했고
속이 없어 이해했다.

속이 없어 단순했고
속이 없어 솔직했다.

속이 없어 담백했고
속이 없어 답답했다.

속이 없어 고마웠고
속이 없어 내가 산다.

투박한 사람이 좋다

감정이
과하지 않은 사람이 좋다.

겉모습은
거친듯하지만 따듯하고

무심한 거 같아도
섬세한

안이 투명한
날것의 사람이 좋다.

껍데기 없이
건넨 한마디에

가슴이 '쿵' 하고
내려앉을 때가 있다.

뭔가 '툭' 하고
마음에 닿을 때가 있다.

투박하지만
순수하고

현란한
미사여구 없이도

더 찬란한 마음을
만들어 주던

'투박할수록 진짜인 사람들.'
나는 그들을 '진국'이라 말한다!

친애하는 나의 당신께

_10대 때의

철없이 해맑던 나와

_20대 때

질풍노도를 맛봐야 했던 나와

_30대 때

조금은 날긋해진 여자의 모습으로

무르익어 가고 있는 나와

_40대 초반

30년의 세월을 고농축시켜

진액을 뽑아낼 만큼 짙어졌어도

여전히 자라고 있는 나를

가장 오랜 시간 곁에서 지켜봐 준

내 인생에 제일 친한 당신

나를

늘 따듯한 눈빛으로

바라봐 주는 게 좋아서

별거 아닌

시시콜콜한

이야기부터

무겁고

진지하고

버거운 이야기를

한 보따리 꺼내놓고 너를 익사시켜도

초집중 모드로 경청해 주는 당신이 좋았어.

내가 배가 고파

말투가 예민해지면

귀신같이 알아차려

일단 밥부터 먹자며

고기 먹을래? 해주던

센스 있는 당신 덕분에

비참하리만큼

무너져 내려

먼지가 될 거 같은 날에도

서로에게는

창피해할 필요가 없다는

무언의 믿음 때문에.

밖에서

깨지고, 다친

패잔병의 모습을 하고 나타나도

조용히 나의 상처에
약을 발라줄 수 있던 당신.

내 주머니에
땡전 한 푼 없어도
눈치 볼 필요 없이 맘 편히 만날 수 있는
당신과의 술 한잔은 언제나 따뜻했어.

고마워!
항상 부족한 나를
많이 사랑해 줘서….

좋아하기로
작정한 거고!!

미워하기로
작정한 거지!!

비1

날이 흐려

바람이 분다.

곧 네가 오려나 보다.

우산도 없는데.

나는 또

온몸으로

너를 맞겠구나!

발길 닿는

동네 술집에 들어가

술 한잔 기울이며

지나간 많은 것들을 추억하게 되겠지….

-정인&허각의 동네술집 듣다가

하늘이 잔뜩 흐린 어떤 날
혹은 비가 미친 듯이 내리는
고즈넉한 저녁때쯤

빈 머리를 들고
유체 이탈 한 사람처럼 멍하니 걷다가

길에서
좋아하는 노래가 흘러나오면

난 분명
가던 길을 멈추고
노래가 끝날 때까지
비를 몽땅 맞고서 있을 거다.

빗방울이
바닥에 툭툭 떨어지는 소릴 안주 삼아

내가 곁에 없어도

내가 고작 이러려고
이 사람과 열정을 불태웠나 싶게

한없이 커 보이던 사람이
작아져 가는 모습을 보고 있으면
내 주옥같던 추억도 추락하는 기분이 든다.

돈 그릇 말고
마음 그릇 넓은 사람이 너였으면 좋겠다.

불태운 열정이
재만 남아 날아가도
남겨진 추억은 아름답다 말할 수 있도록
부디 멋있게 살아주면 좋겠다.

이별

늘 떠돌았다.
마음 둘 때가 없어서
내 마음 하나 얹을 때가 없어서
여기저기 언저리만 빙빙 돌았다.

떠난 사람의
기억을 붙잡고 사는
남겨진 사람

그 기억을
하나씩
짚어가며 살다 보니

이젠 제법
어른 흉내를 낼 만큼

짙.어.졌.다.

내가 벅차

떠난 너도

네가 벅차

떠나온 나도

매일 밤은

평안하기를. †

my family

PART 3

가족이 젤 힘들게
하는 건 안 비밀?!
<지극히 사적인 고백>

애증의 뫼비우스 띠

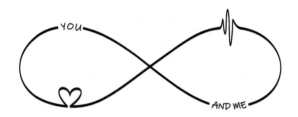

가족을 사랑하지만
가족이 힘들다.
그리고 아프다.
그런데 또 소중하고
그래서 짠한 관계.

누가 시킨 것도 아닌데
가족을 생각하면
혼자 까치발을 들고
머리에 이고 있는 기분이 들었다.

그래서 막상

나에게 가족을 빼면

또 내가 없다.

삶의 무수한 이유를 함께 채워온

영화의 주인공들이 한꺼번에 빠진 기분이랄까?

그래서 더 애달프고

그러다 애틋하고

그래서 힘들고

그런데 사랑하는

뫼비우스의 띠 같은 존재들

애 · 증 · 의 · 가 · 족

익숙해지지 말기로 해

'익숙해지면 당연해졌고 고맙지 않다.'
이렇게까지 써놓고 보니 그게 또 가족인 거 같다.
항상 옆에 있어 당연하고 누군가의 희생도
덤덤한 관계.

그렇게 놀랍지도 않고 새롭지도 않은 관계라
가장 편할 수 있어 만만하고 그래서
함부로 하기 쉬운 사이도 가족인 것 같다.

가족들 틈에서 몇 발짝 떨어져 바라보기로 했다.
마음의 환기가 되니 숨어 있는 고마움 들이 하나씩
눈에 띈다. 타인을 바라보듯 그렇게 적당한 거리를 두
니 많은 것들이 새로웠다. 지금의 마음을 기억하자!
세상엔 그 어떤 것도 당연한 건 없으니까….

한동안

별 볼일 없이 살다가

이제는

별 볼일 있이 산다.

부끄러운 마음이라

말은 못 해도

'의리'가 때론

또 다른 '사랑'의 이름이라 말해주고 싶다.

애썼다….

그리고 고맙다….

기억해!!

'사랑해'란 말로도 모자라

세상의 이쁜 단어들을

몽땅 찾아 나열해도

나의 사랑을 표현하기엔

턱없이 부족할 만큼

넘치도록, 소중한

내 인생 단 하나뿐인

목숨 같은 존재야, 넌!

반짝반짝 작은 별

너의 앞날은

꽃길만 있길 기도해.

가시밭길은

내가 대신 걸을게.

좋은 거, 이쁜 거, 아름다운 거 너 다해.

어린 네가

말도 못 하고

이불 뒤집어쓰고

아빠와 찍은 가족사진을

가슴팍에 안고

울다 지쳐 잠든 널 보면서

182

이번 생은

아빠 대신 너의 길을 비춰주기로 결심했다.

나의 평생 애물단지

딸 같은 동생아

사.랑.한.다.

세상에서

내가 제일 사랑하는 사람.

애와 증 사이를

왔다 갔다 하면서도

마음이 가장

잘 맞는 사람.

별거 없는

나의 이야기를

맛있게 들어주고

나만 보면

수다쟁이가 되고

소녀가 되는 사람.

내 눈빛만 봐도

마음을 읽어주는 사람

세상에 하나밖에 없어

더 소중하고

부디

건강만 했으면

바랄 게 없는 사람

'엄마'.

#사랑해

#많이많이

그녀의 마음에도 아이가 있다.
태어날 때부터 엄마를 하겠다고
태어난 것도 아닌데.

엄마가 뭔지도 모르고 엄마로 살아온
그녀의 가슴속엔 마저 다 자라지 못한
아이가 있다.

엄마라는 사람이 어떤 건지
들여다본 적 없던 그녀에겐
엄마란 그저 머릿속에 맴도는
막연한 공상이었다.

허기진 사랑을 채우지도 못해 울고 있고
받아본 마음이 없어 늘 배고팠던
그때의 어린아이는
환갑이 훨씬 넘은 그녀와
아직도 살고 있었다.

엄마가 있다.

나를 쥐잡듯 잡던 엄마가, 마음의 여유가 없어

늘 쫓기는 거 같던 성질 급한 엄마가

자신의 통제를 벗어나면 견디지 못하고 감정 기복도

심해 화가 많던 엄마

나한테 칭찬 한번 해준 적 없고, 작은 실수조차 용납

하지 못해도 누가 내 자식 건드리면 폭주하던 자존심

이 목숨 같던 엄마.

측은지심은 넘치면서도, 경계하는 마음이 높아

의심도 많던

그러면서 정은 또 왜 그리 많은지, 할 줄 아는 음식도

없으면서 손은 크고

이 사람이다 싶으면 다 퍼주다가

정작 본인한테 상처가 되면

마음을 원천 봉쇄하면서도 사람이 오면

집에 다시 가는 걸 제일 싫어하는 엄마.

그렇게 별나기만 했던 엄마의 마음을 이제는 안다.

왜 자존심이 신앙이 되었는지,

왜 나에게 관대할 수 없었는지,

왜 그렇게 모든 게 불안했는지,

깊숙이 박힌 어릴 때의 상처가 뿌리로 남아

여전히 마음속에 자라지 못한 아이와

함께하고 있는지도

하여 이제는 내가 그녀를 안아줄 차례라는 것도….

오롯이 그녀의 것!
그녀의 몸에서 나온 분신 같은 존재.

우리만 있으면 바랄 게 없고
행복해하는 그녀
우리가 세상 전부인 그녀.

기댈 곳 없던 세상천지에
마음 계산 필요 없이

내 맘대로 비빌 수 있는
유일한 안식처.

그러므로 우리는
'유일무이한' 영원한 그녀 편!

#'E' 딸과 'I' 엄마
'P' 텐션을 이해할 수 없는 'J'

enfp/esfp의 성격유형으로
이미 머릿속에 꽃밭이 장착된 상태로
세상에 태어났다.

요동치는 감정 기복은 덤이고,
어딜 가나 눈에 띄는 스타일로
사람들을 몰고 다니는 성격에 동네에선
대장부였고, 춤과 노래를 좋아해
가는 곳이 무대였던 삶 자체가 행복인 나였다.

그런 아이 머리 위에
날아다니는 엄마가 있었으니
isfj와 estj의 엄마 사람으로 그런 아이를
도무지 이해하기는 힘들었을 거라 생각한다.

자유롭길 원하는 딸과

날개를 묶으려는 엄마.

그 애증의 만남은
삶 자체가 버라이어티였고,
우린 40년 넘게 끝나지 않은 일일연속극이다.

요즘 시대에나 성격유형 검사라는 게 있으니
재미 삼아 테스트라도 하며
위안으로 삼을 수 있지.
무지했던 옛날엔 서로가 서로를 이해하기는
힘든 전쟁 같은 시간이었다.

딸은 엄마가 계모라 생각했고
엄마는 남 보기 좋게 딸을 가꾸고 싶은
조경사였다.

사람들이 그랬다.

나 같은 딸도 없고 엄마 같은 엄마도 없다고

두들겨 맞아도 하고 싶은 걸 하는 딸과

그 꼴을 절대 용납할 수 없는 엄마.

무형의 딸과

유형의 엄마.

그러다 어느 날

외동딸에서 장녀라는

직책이 바뀌는 날이 왔고

조경사의 임무는 더 막중해졌고

엄마의 '개딸'은 자유로운 영혼을

저당 잡힌다.

요즘 시쳇말로

대한민국 장녀는 건들지 말라는 얘기가 있다.

살짝 미쳐 있는 사람이 장녀들이라
건들면 폭발할 준비가 되어 있는
'또라이'란 이 이야기가 마음에 와닿았다.

'대한민국의 모든 장녀들이여' 화이팅!

지금도 엄마와 동생이 있으면
나도 모르게
털을 부풀린 고양이가 된다.

넘어지지 않을 방패를 들고 누가 건들면
패 죽여야지 하는 날카로운 마음은
이미 화난 마동석이다.

누군가를 지켜야 한다는 마음으로

각을 잡고 살다 보니
때로는 아빠가 돼야 했고
때로는 남편과 엄마,

때로는 딸과 보호자로
몸은 하나인데 주어진 역할이 너무 많아
정체성마저 혼란스러운
감정 없는 광대 같았다.

내가 춤을 좋아했는지,
노래를 좋아했는지
어릴 적 꿈이 연기자였는데
지금 내 꿈은 어떤 건지

어떤 음식을 좋아하고
어떤 스타일을 싫어하는지
그 흔한 메뉴판에 음식도
내가 먹고 싶은 걸
스스로 골라본 적은 있는지
기억도 나지 않았다.

다른 사람의 마음은
잘 들어주고, 잘 헤아려 주면서
곪아 터진 본인 마음은 어떤 감정인지

이름도 붙여주지 못한 채
그냥 살아지니 산 세월이었다.

큰딸로 살아가기

힘들어도 참아야 하고,
슬퍼도 질질 짜면 안 되고,
웃음이 많으면 헤퍼 보여 안 되고
동생한테 양보는 필수 육아는 덤이며
하기 싫은 일도 꾹 참고 해야 하고
동생이 잘못해도 내 탓!
그걸 이해 못 해도 내 탓!

부모님께서 부부싸움이라도 하는 날이면
엄마의 감정 받이 역할까지 해야 했지만
엄마한테 두들겨 맞으면서도
버틸 수 있던 유일한 이유는 아빠였다.

아빠가 만든 방공호 뒤에 숨어 있으면
무서울 게 없었다.
그저 아빠 딸 1번만 하면 되던 20살까지가
내 인생의 가장 나답게 행복한 황금기였다.
이듬해 아빠가 돌아가시고 모든 게 변했다.

'가장'이라는 역할이 늘어나면서
더 많이 참아야 하고
더 많이 애써가며 이들을
돌봐야 하는 사람이 되고부턴
자유분방했던 캐릭터를 서서히 지워가며
틀 속에 자신을 가뒀다.

내 모습 찾아가기

나는 내가 누군지 몰라
인생의 절반 이상을 방황하는 데 썼다.
빨간색이면서 검정색인 사람
매일 다양한 무지개색을 오가는 사람
그래서 스스로 다중인격인가? 고민도 했었다.

굉장히 활발하지만 혼자 있는 걸 좋아하고
사람들 틈에 있어도 미치도록 외롭다.
에너지가 많은데 없고
생각이 많은데 낙천적이고
혼자선 과민해도 밖에선 대범하다.

솔직하지만 비밀이 많고
친구가 많지만, 단짝은 싫은
모났지만 둥글고, 뾰족하지만 따듯한
어느 하나 딱딱 떨어지는 답이 없는
액체 괴물 같은 사람.

그래서 어디에 넣어놔도 웬만해선
여기저기 잘 담기는 사람이란 걸
알기 전까지 무수히 많은 내 모습이
혼란스러웠다.

하지만 이제는 안다!
어떤 상황에 어떤 사람을 만나
어떤 얘기를 해도

그때그때 꺼낼 수 있는 카드가 다양한
달란트가 많은 사람이란 걸….

그래서 요즘은
선택 장애의 어리바리한 모습마저도
사랑스럽다.

"다중이"에서 "카멜레온"으로
20여년 만의 탈바꿈이다.

나도 있었다

핸드폰 액정에 '아빠'라는 두 글자가 보인다.
친구의 핸드폰 화면이었다.

"우리 아빠 또 전화했어."라며 친구는
귀찮은 아빠의 전화를 거절로 돌려버렸고
가방에 쑤셔 넣었다.

그 10초도 안 되는
찰나의 시간 동안

'아빠'라고 뜨는 친구의 핸드폰이
그렇게 부러울 수가 없었다.

"나도 아빠가 있었다."

딸이 늦으면 마중을 나와주고
울면서 전화하면 내 편이 되어주고

언제고 그림자처럼 곁을 지켜주던 사람.

영원히 있어 줄 거 같아 늘 당연했던 사람이

이젠 없다.

전화 오면

총알처럼 달려갈 수 있고

전화벨이

두 번 울리기도 전에 받을 수도 있는데

걸어줄 사람이 없다.

#그러니 받아라

#엄마도 아빠도_그 누구도

#평생 내 곁에 있진 않더라

#나중에

#후회하지 말고

#귀찮아도 친절하게 좀 받아라

#핸드폰 사용법을_계속하여_물어보고

#했던 말_또 하고_또 하고

인내심_테스트를 해와도

#한숨 쉬지 말고_다정하게 알려드리자

#그것이_곧

#우리의 모습일 테니

어릴 때 아빠는

퇴근하고 돌아오는 길에

집 앞 호프집에 들러 맥주를 마시며

신문을 보곤 하셨다.

호프집이 아니어도 집에서 반주로

항상 맥주와 신문은 세트 상품!

지금이야 혼술, 혼밥이 흔할 때지만

그 시절에 혼자 마시는 술은 흔하지 않은

풍경이어서 혼자 앉아 있는 모습이 도무지

이해되지 않았지만

가끔 아빠한테 들러

길지 않은 대화를 나눌 때면

설명할 수 없을 만큼의 커다란 마음의

울림이 있었기에 머리론 이해할 수 없지만

내 아빠가 좋다니까

그냥 덩달아 좋은가 보다 했던

그 수많은 시간을 지금 와 되짚어 보니
아빠의 뒷모습이 보인다.
그 하루의 끝에 맥주 한 잔은
본인을 위해 쓸 수 있는
최고의 사치였고

오롯이 누릴 수 있던
자신만의 시간이었다는 사실을
이제서야 조금은 알 거 같다.

그때의 추억들을 안주 삼아
커다란 글라스에 시원한 맥주 한잔
가득 담아 아빠와 건배라도 하고 싶지만

그 뒷모습을 이해할 나이가 돼버린 지금은
맥주랑 나만 앉아 있다.

어른과 어른이1

어릴 때 아빠를 보면서

나이를 먹으면 자동으로

아빠 같은 멋있는 어른이 되는 거구나 생각했다.

모르는 건 뽕 하고 알게 되고,

부족한 성품도 자동으로 익어가고

없던 지식이나 지혜도 막 생겨나고

대인 관계도 맞춤 솔루션처럼 술술 잘 풀어가는

요술 지팡이가 있는 것처럼

그것만 휘두르면 다 되는 게 어른인 줄 알았고

시간만 지나면 나도 어른일 거라 생각했다.

그런데 막상 어른이 되고 보니,

나는 어른인가 어른이인가 혹은

어른인가 꼰대인가를 스스로 자주 묻곤 한다.

어른이 되려면

진짜 어른을 만나본 사람만이

어른이 된다는 얘기가 있다.

어리석은 짓을 했을 때 어른인 사람에게 잘못에 대한

용서도 받아보고 용납을 받아본 경험이 있을 때
비로소 사람은 어른이 될 수 있다고 한다.

내가 6살 때쯤인가…
목에 거는 동전 지갑이 하나 있었는데
어린 마음에 지갑에 동전을 넣고
목에 걸어 흔들어 보고 싶어서 동전통에 손을 넣어
동전 서너 개를 빼 지갑에 넣고 흔들어 보다가
그 동전 소리를 들은 엄마한테 딱 걸려서
정말 뒤지게 맞았던 사건이 있었다.
그저 찰랑이는 동전 소리가 듣고 싶었고
몇 번 흔들어 보다 다시 돈통에 넣어둘 생각이었지만
그건 중요하지 않았다.
나는 이미 도둑년이 되어 있었고
엄마는 내가 너를 그렇게 키웠냐 어떻게 나한테
이럴 수 있냐며 대포처럼 쉬지 않고
쏘아붙였던 그날의 기억은 단어는 몰라도
이게 수치와 치욕이구나 싶은 감정은
느낄 수 있었다.

한 번은 고등학생 때 일이다.

한참 친구가 좋아 싸돌아다니던 시절

일주일에 2만 원을 받던 그때 부모님께 더

달라는 말은 못 하겠고 늘 주머니에 지갑 없이

지폐를 들고 다니던 아빠의 호주머니에서

딱 만원만 가져가야지 싶어

주무실 때 살금살금 걸어가 의자에 걸려있는

바지에서 만원을 두세 번 빼간 적이 있었다.

평소와 다름없이 신문을 보는 아빠 곁에서

조용히 앉아 있는데

"요즘 용돈이 부족하니?" 조용히 물으셨고.

아차! 걸렸구나 싶어 당황한 나머지 "아니요?!"

라고 대답하곤 방으로 도망을 치던

어설픈 그 태도에도 아빠는 더 이상 어떠한 꾸지람도

없으셨지만, 그 후 두 번 다시 아빠 주머니에

손을 댄 적이 없다.

차라리 엄마의 어퍼컷이 백번은 낫겠구나

싶을 만큼 무섭고 강렬한 순간이었다.

아빠가 돌아가시고 한참 지나 엄마한테 들은
얘기로 아빠는 지폐 액수를
10/20/30/40… 이런 식으로
딱 맞춰서 다니셨다고 했다.
그러니 만 원 한 장씩 비는 금액은 나일 수밖에….
어릴 땐
아빠의 그 마음이 어떤 건지 몰라
그저 나의 부끄러운 일로만 기억했지만
마음을 헤아릴 나이가 되고 보니
어른이셨구나라는 생각이 자주 들었다.
그런 어른인 아빠 밑에 자라면서
많은 사랑과 용서 수용과 용납을 경험하고
알고도 모르는 척, 보고도 못 본 척,
관용을 베푸시던 어른의 지혜를 누린 덕분에
지금도 힘들 때면 그분의 삶을 끄집어내
어른을 배우며 산다.

술을 많이 마신 어느 날 밤 집으로 전화가 왔다.

아빠가 보고 싶어 한다는 전화였다.

그때는 이미 아빠의 혼수상태가 진행된 때라

그 전화에 가슴이 철렁 내려앉았다.

아…. 드디어 올 게 왔구나….

깊이 잠든 동생을 깨웠다.

동생이 놀랄까 싶은 어른들은 데리고 오지 말라셨지만

평생 이 순간을 후회하고 원망하며 살 수도 있는

일이라 눈도 못 뜨는 동생을 택시에 태워

술 냄새 풀풀 풍기며 병실에 도착했을 때

그 누구도 끝이라 말해준 사람이 없는데

공기의 흐름으로 마지막이라는 걸 직감했다.

평소엔 쑥스러워 표현하지 못한 마음의 말들을

술을 핑계 삼아 꺼내야겠다는 생각에

마음은 조급해졌고 아빠의 뜨기 힘든 눈꺼풀에

걸쳐진 초점 없던 눈동자를 바라보니 두서없이

쏟아지듯 수많은 말들이 혀끝을 밀고 나왔다.

아빠 사랑해! 아빠 내가 잘할게!

아빠 그냥 살아주면 안 돼?

나 이제 효도할 테니까 가지 마!

좋은 딸이 되지 못해서 미안해….

마음은 다급했고 언제 멈춰버릴지 모를 심장을

부여잡는 기분으로 아빠를 바라보니

더는 버틸 수 없는 듯 힘겨워 보였다.

그런 아빠의 마음을 조금이라도

안심시켜야겠다는 생각이 들었고. 마음의 짐을

덜어드리자 싶어 뱉은 나의 한 마디….

"내가 아빠 몫까지 엄마랑 동생 잘 챙길게.

걱정하지 마요~!" 그 말이 끝나자 거짓말처럼

아빠의 눈에서 눈물이 주르륵 흐르더니

서서히 심장이 멈췄고 영화의 한 장면처럼

기계는 삐~ 소리를 내며 우두커니 서 있었다.

온기가 남아 있는 아빠의 뺨에 입을 맞췄다.

이로써 한 남자가 열심히 애쓰며 살아온 시간들이
무색해지는 순간이었다.
애도할 시간도 주지 않고 일사천리로 진행되던
장례의 절차들에 당혹감이 밀려왔고
그렇게 나는 아빠를 영영 잃었다.
그 10분도 안 되는 찰나의 순간들은
지금도 1초씩 끊겨 떠올릴 만큼 머릿속에 생생하다.
그때부터였던 거 같다. 가족을 생각하면
털을 부풀린 고양이가 돼버리는 게.
뭘 할 수 있는 것도 없는 주제에 뭐라도 해야 했던
그 순간부터 내 인생의 궤도도 바뀌어 버렸다.

아빠의 장례를 치르던 날
나는 끝까지 울지 않았다.
사랑하는 남편을 먼저 보낸 엄마와
아무것도 모르고 아빠를 보내야 했던
해맑던 13살 동생의 마음이 더 중요했다.

내가 울어 버리면 모두 주저앉아 버릴 거 같았다.
넋이 나간 빈 눈으로 상주 자리를 지키면서도
나는 장녀였다.
눈물을 참느라 죽을힘을 다해 입술을 깨물고 있어서
입안은 다 터졌고 3일 동안 물만 마시며 견딘
굶겨진 내 몸은 이미 하혈까지 하고 있으면서도
아빠 딸답고 싶었다.
아들이 없는 게 평생 한이셨던 그분의 마지막을
계집애처럼 질질 짜면서 보내고 싶지 않았고
지켜보는 사람들에게 약한 모습을 보이면
만만하게 생각할 거 같아

줄 수 있는 힘을 온몸과 마음에 잔뜩 주면서
아무에게도 기대지 않고 버티기만 하다가
염을 끝낸 아빠의 뺨에 마지막으로 입을 맞추곤
입술로 전해져 온 차갑고 낯선 냉기에 놀라
바로 쓰러졌고. 그 후 모든 장례절차가 끝나던
마지막 날 납골당에 아빠를 안치하고 나서
또다시 쓰러졌다.

지금 와
주마등처럼 스쳐 가는 영화 같은 일들을
생각해 보면 그때의 나는 너무 어렸고,
아팠고, 힘들고 무서웠는데 기댈 곳이 없었다.

그랬던 나에게 이제라도
그동안 누구도 해준 적 없던 말을
스스로에게 해 주고 싶다.

잘 버텨 줘서 고맙다고
"너무 늦게 알아봐 줘서 미안하다고
참 많이 애썼다고….

진달래꽃

아빠의 영정 사진은 진달래꽃이 가득 핀
어느 공원에 앉아 계신 사진으로 골랐다.

20년도 훨씬 지났지만
순발력 있게 고른 사진 치곤
꽃밭에서 웃고 있는 사진 덕분에
볼 때마다 아름 따다 가실 길에
뿌려 둔 기분이 들어 위안이 됐다.

나는 그런데….
내 동생은 5월만 되면
동네 여기저기에 피고 있는
진달래 넝쿨에
눈을 맞출 수가 없다고 한다.

20년 전엔
아무것도 모르는 꼬맹이였는데

이젠
진달래꽃만 봐도

가시는 걸음마다
자기를 즈려밟고 가 버린 아빠 생각에
눈물이 줄줄 흐를 만큼 자라 버렸다.

앞으로 10년의 세월이 더 흘러
진달래꽃을 볼쯤엔
꽃 속에서 웃고 있던 아빠의 모습만
가장 먼저 떠오르기를….

나의 시계는 거꾸로 흘러간다

아빠의 부재로 또래의 친구들보다
철이 좀 빨리 들었다.
굳이 알지 않아도 될 어른의 민낯을 볼 일이 많았고,
어른답지 못한 수많은 사람을 마주할 때면
어린 마음에 커다란 상처도 생겼다.
가족이라고 다 믿을 수 있는 것도 아니었고
어른이라고 다 어른도 아녔다.
모두가 본인의 이익만을 위해 달려가는
사람들 틈에 살다 보니 오래 산 나이는 아니지만
누구보다 많이 산 거 같은 고되고 아픈 시간이었다.

정확히 그때부터 나는 웃음이 사라졌고
재미도 없고 표정도 없는 책임감만 가득한
진지한 사람이 돼버렸고,
일찍 어른이 돼야 했었던 환경 탓에
채워지지 못한 사랑은 누굴 만나도 충만해지지 않아
마음이 늘 허기졌다.

마치 비 맞은 고슴도치가 아빠 양복을 입고

가시를 잔뜩 세운 채 어른 흉내를 내는

어린아이의 모습이랄까?

지금은 이렇게 추억할 수 있을 만큼

시간이 많이 지났음에 감사하다.

한동안은 꺼내 보고 싶지 않아 덮어 두기만 한

기억이었기에 마주하는 것조차도

엄두가 나질 않았지만, 이제는 몇 발짝 뒤에 서서

바라볼 수 있을 만큼은 어른이 된 거 같아

혼자 뿌듯해지곤 한다….

덕분에 20년도 훨씬 지난 지금 나의 시계는

거꾸로 흘러간다. 어린 나이에 너무 남의 눈치 보며

어른으로 살았어야 했던 게 억울했는지

그때 했으면 좀 더 귀여웠을 많은 것들을

지금 이 나이에 하나씩 하며 살다 보니

아직도 설렐 인생의 처음이 이렇게나 많음에 행복했다.

그저 각자가 쥐고 태어난 시나리오대로

사는 거라 생각하니 내가 등장해야 하는 씬이
지금인 것뿐이었다. 모두가 등장해야 하는 그때가
다 다를 뿐이지 틀린 건 아니니까 괜찮다.
어릴 땐 그저 나에게 일어나는 하나서부터 열까지의
수많은 일들이 다 불만이고 원망 이어서 늘 우울했고
행복하지 않았지만 지금은 아프지 않고 멀쩡히
살아 있는 것만으로도 하느님께 감사한다.

하물며 나잇값 좀 못하고 실수 좀 하더라도
남 눈치 보지 말고 가볍게 살자 마음도 먹을 만큼
여유도 생기니 내공은 단단해졌고
이해심은 더 많아졌다.

그리고 아빠와 맞바꾼 수많은 일들이
나에게 일찍 찾아와 준 덕분에 다른 사람을
진심으로 위로하며 도와줄 수 있게 됐고
삶의 유연함도 생겼다. 이렇듯 돌이켜 생각해 보면
나에겐 나쁜 일은 하나도 없었다.

그 무수한 사건과 인연들로 하나하나 채워서
만든 게 지금의 내 모습이고, 부정하고 싶다고 해서
어느 하나 뚝 잘라낼 수 없는 기다란 연결선이기에
인생에서 만나는 모든 것은 힌트고 축복이다.

당신을 향한 혼잣말

글을 쓰고 싶었다….
막연했지만 진지했고 소중한 진심이었다.

자서전을 써보겠다며 말도 안 되는 소릴 하던
꼬맹이의 모습을 소리 없는 미소로 그저
바라봐 주던 아빠의 표정이 좋았다.
그리고 그땐
지구가 나를 중심으로 돌고 있다 믿을 만큼
철이 없어 용감했고 아쉬울 게 없는 10대의
소녀였으니 모든 게 가능했고 무서울 게 없던 나였다.
시간이 한참 흘러 그때의 아빠 나이만큼 자라고 보니
말없이 바라보며 웃으시던 그분의 마음을
이제는 조금 알 거 같다.
무모했지만 누릴 수 있는 자식의 마음이 부러웠고
녹록하지 않은 세상살이에 자서전을 쓸 만큼
살아 본다는 딸의 결심이 대견했을 거 같다.

그 후로 22년이란 시간이 흘렀고
그때와는 많이 달라졌다.
살아지는 모양대로 이리저리 부딪히며
뾰족한 모서리를 갈고 닦으며 정신없이 달려와 보니
자서전을 쓸 만큼 위대한 업적을 남기지도 못했고
신문에 나올 만큼 잘나가는 여자가 되어 있지도
않았지만 그래도 자신 있게 이야기할 수 있는 건

당신이 나에게 남겨 준 사람을 대하는
마음과 태도를 교훈 삼아
내 자리에서 열심히 살다 보니
이제는 어느덧 원하는 삶의 형태를
만들어 가고 있다고 자랑하고 싶었다.

"아빠!"

나 보고 있죠?

대단하진 않지만
나의 속도에 맞춰 잘 자라고 있답니다.
훗날 아빠를 다시 만나게 되면
부끄럽지 않게 열심히 살아 낸 큰딸의 모습을
보여 드리고 싶어 이렇게 용기를 내 봅니다.

나의 모든 순간에
나의 모든 역사에
당신의 가호가
함께 하길 바라며⋯.

22년 6월의 어느 날
당신의 딸 "큰곰"

불혹에도
흔들리는 꽃

단 하나의 꽃이 되고 싶었다.
그저 평범하지만 내 인생에서만큼은 나를
주인공으로 만들어 주는 그런 '꽃'.
희망의 새싹이 돋고, 기대의 잎이 자라고,
내 존재의 씨앗을 품은 단단하면서 아름답고
잊히지 않을 향기를 가진 '나란 꽃'.
한 살 한 살 나이를 더해 가니 '꽃'은커녕
거죽만 남은 '쭉정이'가 된 것만 같았다.

존재만으로도 빛이 났고,

바라보는 것도 아까웠던 시절이 있었는데

어느 순간 나는 조금씩 서서히

나의 빛과 향기를 잃어 가고 있었다.

내 답도 아닌 남의 답안지를 내 답처럼 부여잡고,

그 속에 나를 꾸역꾸역 밀어 넣었고

애써 괜찮은 척했지만 그럴 때마다

틈을 비집고 나오는 걷잡을 수 없는 "공허함"과

수많은 '허점'들을 마주할 때면

'자괴감'과 '자책감'에 숨이 막혔다.

그럼에도 어른이면 당연히 참아 내야 하는

고행의 덕목이라 자신을 위로했고,

그렇게 살다 보니 생각하는 대로 사는 게 아니라

사는 대로 생각하게 된다는 말이 어떤 의미인지

알 수 있었다.

살아 있어도 죽어 있는 그런 삶,

향기가 없고, 생기도 없는 보통 어쩌다 같은

하루들의 일상. 그 일상들을 쳇바퀴 돌며 살다 보니,

남은 거라곤 한쪽 구석 어딘가에 구겨진 채 버려진

'어린아이'의 나와

'몸만 자란 어른'이 된 나 사이에서
씨름하는 내가 보였다.
'마흔 춘기'를 앓은 후 깨달은 게 있다면
불혹의 나이에도 미혹될 수 있고
또한 맘껏 흔들려도 괜찮다는 사실 덕분에
내가 그동안 뭘 좋아하며 행복해했는지 찾아보기
시작했고 그로 인해 글을 써 볼 용기도 생겼다.
하루하루 최선은 다하되 인생은 대충 살자
마음먹은 후 남의 시선에 휘둘려 나의 가치를
깎아내리기보다 미숙한 나의 존재 자체를
환영해 주기로 했고 내일의 나를 만나기 위해
오늘의 나를 섬세하게 바라봐 주는 연습을 반복하니
비로소 이제야
스스로 만족할 만한 생기와 향기를
겸비한 꽃으로 만개될 준비를 마친 것 같다.